D1725034

Hans-Eric Hellberg
Der Junge, der immer Glück hatte

Hans-Eric Hellberg

Der Junge,
der immer
Glück hatte

Bilder von Tord Nygren

Georg
Bitter
Verlag

CIP-Kurztitelaufnahme der Deutschen Bibliothek

Hellberg, Hans-Eric:
Der Junge, der immer Glück hatte / Hans-Eric
Hellberg. [Aus d. Schwed. von Ingun Spiecker-
Verscharen]. – Recklinghausen: Bitter, 1987.
  Einheitssacht.: Pojken som hade tur < dt. >
  ISBN 3-7903-0346-1

Aus dem Schwedischen von Ingun Spiecker-Verscharen

2. Auflage 1988

© 1987 Georg Bitter Verlag KG, Recklinghausen
Alle Rechte an der deutschen Ausgabe vorbehalten
© 1983 Hans-Eric Hellberg
Internationale Rechte: Kerstin Kvint Literary Agency, Stockholm
Die Originalausgabe erschien 1983 im Verlag Två Skrivare Stockholm
Einbandzeichnung und Illustrationen: Tord Nygren
Gesetzt aus der Garamond
Satz: Graphische Kunstanstalt Bongers, Recklinghausen
Druck und Einband: Ebner Ulm

ISBN 3-7903-0346-1

Inhalt

Jakobs Geburt

Jakob hatte ein geradezu märchenhaftes Glück bei allem, was er unternahm.

Das war schon so, als er geboren wurde. Seine Mama befand sich in einem Sommerhäuschen, etliche Kilometer von Krankenhaus, Telefon und Taxi entfernt, als die Wehen einsetzten.

Der Papa saß im Kahn an einem guten Angelplatz und starrte auf den Schwimmer. So einfach ist das für den Vater.

Die Mutter hatte solche Schmerzen, daß sie laut jammerte. Sie brauchte Hilfe. Und zwar sofort! Gequält, verschwitzt und voller Angst schleppte sie ihren schweren Körper hinaus auf die Wiese vor dem Häuschen. Wenn die Wehen kamen, schrie sie.

Der Papa zog einen zappelnden Barsch aus dem Wasser und hörte nichts.

Da erschien eine zwölfköpfige Touristenge-

sellschaft, die vom Waldrand her auf das Sommerhäuschen zuwanderte. Alle zwölf waren Mitglieder des Schwedischen Hebammenverbandes.

Jakobs Geburt war sozusagen ein Fest. Nicht einmal Prinzen und Prinzessinnen werden von einem ganzen Dutzend Hebammen auf die Welt geholt.

Wenn das kein Glück war?!

Die Taufe

Als das Kind getauft werden sollte, schlüpfte es dem Pastor aus den Händen, bevor das geweihte Wasser seinen Scheitel benetzen konnte. Jakob strebte dem Steinfußboden zu.

Alle Taufgäste hielten den Atem an und warteten auf die Katastrophe.

Nun war es so, daß der Vater des Kindes sicher der stolzeste Vater aller Zeiten war. Deshalb hatte er die feinsten Sachen angezogen, die er besaß: einen schwarzen Anzug, ein weißes Hemd und einen schwarzen Schlips. Fünf Minuten lang hatte er sich die Haare gekämmt. Zwanzig Minuten dauerte es, bis er seine schwarzen Schuhe gebürstet hatte – Oberteil und die beiden Seiten, vorn und hinten; ja sogar die Sohlen hatte er poliert. Davon waren die Schuhe so rutschig geworden, daß er die Kirche nur mit Hilfe seiner lieben Gattin betreten konnte, die ihn stützte. Der arme Papa sah aus wie ein unsicherer Schlittschuhläufer, aber alle dachten, er sei bloß nervös.

Jetzt stand er da und strengte sich gewaltig an, um nicht niesen zu müssen. Er war nämlich allergisch gegen Kirchenmäuse. Unbemerkt hatten sich zwei aus ihrem Loch bei der Sakristei geschlichen, um an der Taufe teilzunehmen. Sie waren zwar nicht eingeladen, aber sie kamen trotzdem, weil sie meinten, sie gehörten dazu.

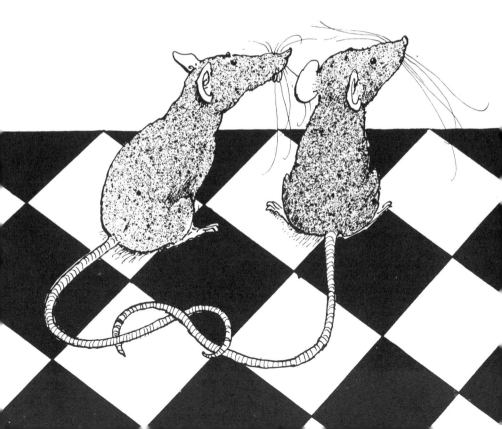

Der Pastor tauchte seine Hand ins Taufbecken und sprach: »Hiermit taufe ich dich auf den Namen Jakob...«

Weiter kam er nicht. In diesem Moment erblickte Jakobs Mutter die Mäuse, fing an zu schreien und schlug vor Schreck um sich. Mit einem Arm traf sie den Pastor an der Schulter. Das Kind flutschte ihm aus den Händen wie ein Stück Seife und fiel in Richtung Steinfußboden.

Im selben Augenblick mußte der Papa niesen. Er nieste so kräftig, daß beide Schuhe über den Boden glitten, die Füße in die Luft flogen und der Rest des Vaters auf Rücken und Hinterteil landete. Durch den heftigen Stoß flatterten seine Arme in die Höhe...

... und nahmen das Kind in Empfang.

War das etwa kein Glück?!

So kam es, daß das Kind nur auf den Namen Jakob getauft wurde und nicht auf die Namen Jakobus und Nikodemus, wie es eigentlich geplant war.

Und das war doppeltes Glück.

Ein wunderbarer Fischzug

Der kleine Jakob wuchs heran und war ein ganz normales Kind: lieb und böse, artig und unartig, leise und laut – je nachdem. Nur etwas war eben merkwürdig an ihm: Er hatte so ein unwahrscheinliches Glück.

Kletterte er auf einen Baum und trat dabei auf einen verdorrten Ast und fiel Hals über Kopf zu Boden, so wunderte sich niemand darüber, daß sich sein Gürtel irgendwo festhakte und er hängenblieb wie eine Reisetasche an der Hand eines Riesen. Dabei brüllte er wie am Spieß, bis sein Vater ihn mit einer Leiter herunterholte.

Als Jakob einmal mit seinem Papa in den Ferien war und dieser versuchte, einen alten Hecht aus dem See zu fischen, plumpste Jakob natürlich ins Wasser.

Er sank tiefer und tiefer, denn er konnte nicht

schwimmen. Selbstverständlich sprang sein Vater sofort nach, um ihn zu retten. Aber er tauchte in die falsche Richtung und suchte vergebens.

Bald mußte er zum Atemholen an die Oberfläche. Nirgendwo konnte er Jakob entdecken.

»Jetzt ist alles aus«, dachte der Vater. Das Glück schien Jakob verlassen zu haben.

Doch was geschah? Jakob fuchtelte unter Wasser mit den Armen. Etwas streifte ihn, seine Hand schloß sich um eine Flosse, er wurde durchs Wasser gezogen, und plötzlich flog er an die Luft – zusammen mit dem riesengroßen Hecht, der sich an Papas Haken festgebissen

hatte. Der Vater stieg in den Kahn und kurbelte den Hecht herauf. Jakob kam gleich hinterher.

So ein Glück – endlich hatte Papa den Hecht gefangen. Aber gerade jetzt war ihm das völlig egal. Er zog Jakob in den Kahn, befreite den Hecht vorsichtig vom Haken, tätschelte ihm den Kopf und blickte ihm nach, wie er in der Tiefe verschwand. Dann drückte er Jakob fest an sich.

Jakob wird von einem Torwart gerettet

An einem ziemlich trüben Tag war Jakob bei seiner Großmutter zu Besuch und stürzte vom Balkon aus dem elften Stock.

»Macht nichts, sicher kommt gerade ein Heuwagen oder so was vorbei«, sagte sich die Großmutter. Sie wußte ja, welches Glück Jakob immer hatte.

Aber es war kein Heuwagen in der Nähe. Und Jakob fiel und fiel.

Im dritten Stock wohnte der Torwart der Schwedischen Nationalelf. Die Mannschaft sollte am Nachmittag gegen Ungarn spielen.

»Es sieht nach Regen aus«, meinte der Torwart.

Er ging auf den Balkon und streckte den Arm aus, um zu prüfen, ob schon die ersten Tropfen fielen...

... und hielt plötzlich einen kleinen Jungen

an der Hand. Er staunte nicht schlecht. Hier kann man wieder mal von Glück reden.

Von sämtlichen Heldentaten, die der Torwart jemals in seinem Leben vollbracht hatte, war dies wohl die größte. Alle bezeugten ihm ihre Dankbarkeit. Jakobs Mutter gab ihm einen Kuß, so daß der Torwart rot wurde wie eine Tomate. Jakobs Vater schüttelte ihm die Hand. Und von Jakobs Großmutter bekam er eine Schüssel mit selbstgebackenen Butterkringeln.

Leute von der Zeitung strömten herbei, Reporter, Fotografen und Interviewer. Sie stellten Fragen, feuerten Blitzlichter auf ihn ab und erschreckten ihn so gründlich, daß er am Nachmittag als reines Nervenbündel zwischen den Pfosten stand und die Ungarn nicht weniger als acht Tore schießen ließ.

So kam es, daß der arme Mann am Vormittag noch ein gefeierter Nationalheld war und am Nachmittag ausgebuht wurde wie ein Landesverräter.

Während die Feierlichkeiten in der Wohnung

des Torwarts ihren Lauf nahmen, traf ein Team des Schwedischen Fernsehens ein. Dort gab es einen Kameramann, der allen Ernstes eine Wiederholung vorschlug: Jakob sollte nochmal vom elften Stock springen, wenn die Kamera in Betrieb war, damit die gesamte schwedische Bevölkerung in der Abendschau sehen konnte, wie sich die Rettung abgespielt hatte.

Alle waren empört und widersprachen heftig.

»Das ist ja eine Ungeheuerlichkeit! Nun geht das Fernsehen aber zu weit mit seiner Jagd auf Sensationen. Pfui und abermals pfui!«

Nur einer hatte nichts dagegen: Jakob. Er sah hier seine große Chance, ins Fernsehen zu kommen. Angst hatte er nicht die Spur. Inzwischen war ihm klar, was für ein sagenhaftes Glück er hatte. Das machte ihn mutig. Das machte ihn übermütig.

Er nahm den Aufzug zum elften Stock, ging zum Balkon, kletterte auf die Brüstung und sprang.

Leider kümmerte sich kein Mensch mehr um Jakob.

Jakobs Großmutter und der Torwart reichten Kaffee und Butterkringel herum, und alle aßen und redeten aufeinander ein.

Alle außer dem Kameramann. Keiner bot ihm etwas an. Keiner redete mit ihm. Traurig stand er da und starrte aus dem Fenster, als Jakob vorbeisauste. Und die Fernsehkamera war nicht eingeschaltet!

Pech für ihn.

Aber wie ging das Ganze für Jakob aus? Wurde er etwa platt wie ein Pfannkuchen?
Natürlich nicht. Denn diesmal kam wirklich rein zufällig ein Heuwagen vorbei – und Jakob landete im Heu, hüpfte nach dem Aufprall dreimal auf und nieder wie ein Gummiball und nieste. Denn er war allergisch gegen Heu.

Jakob, der Auserwählte

Als Jakob älter wurde, fing er an zu glauben, daß er etwas ganz Besonderes sei. Er war anders als die anderen. Nichts konnte ihm zustoßen. Er war ein Auserwählter.

Das machte ihn tollkühn. Gewöhnliche Regeln galten nicht für ihn – so dachte er wenigstens. Jakob schaute nie nach links und rechts, bevor er über die Straße ging. Er stürzte sich einfach in den Verkehr – und das auch bei Rot, sofern es eine Ampel gab. Bremsen quietschten, Reifen heulten auf dem Asphalt, Hupen ertönten – doch Jakob schritt unbehelligt über die Straße.

Hier kommt Jakob, der Auserwählte!

In der Schule klappte es bestens. Wußte er mal nicht die Antwort auf eine Frage, so sagte er bloß, was ihm gerade einfiel, und meistens war es richtig.

In den Pausen ließ er sich auf jede Herausforderung ein.

»Traust du dich, in die Spitze der höchsten Birke zu klettern, bis sie anfängt zu schwanken?«

– So was Einfaches!

»Legst du dich quer auf die Straße, wenn ein Auto kommt?«

– Nichts leichter als das.

»Wagst du es, mit verbundenen Augen auf dem Schuldach zu balancieren?«

– Das reinste Kinderspiel.

Aber die Sache war schwieriger, als er angenommen hatte. Ein Klassenkamerad stieg mit ihm aufs Dach und band ihm ein Tuch vor die Augen.

Dann stand Jakob auf dem Dachfirst.

Um ihn herum war alles schwarz. Er spürte die gewölbten Ziegel unter den Füßen. Nun galt es, einen Fuß vor den anderen zu setzen, bis er den Schornstein erreicht hatte.

Weil es so dunkel war, merkte er leider nicht, ob er gerade oder schief dastand. Die Dunkelheit schaltete seinen Gleichgewichtssinn aus.

Erst wurde ihm schwindlig, dann schwankte er hin und her und kippte schließlich um.
Schon rutschte er das steile Dach hinab.
Trotzdem hatte er keine Angst. Er schmunzelte sogar, während er sich fragte, wie er wohl dieses Mal gerettet würde. Daß es gut ausgehen mußte, daran zweifelte er keine Sekunde.
Es war ein kalter Tag im Spätherbst. Jakob hatte einen langen Schal um den Hals. Eine Woche zuvor war eine der Dachpfannen weggeweht worden. Nun blieb der Schal zwischen Dachbalken und Ziegeln hängen. Jakobs Sturz wurde aufgehalten.
Das war doch wohl wirklich Glück?
Allerdings. Aber gleichzeitig hätte der Schal ihn fast erwürgt. Er mußte einige höchst unbehagliche Minuten aushalten, bis sein Freund zu ihm heruntergeklettert war und ihn losmachte.

Hatte er gerufen?

Der Schularzt untersuchte ihn. »Du hast
Glück gehabt«, sagte er.
»Ich habe immer Glück«, erwiderte Jakob.
»Passen Sie mal auf!«
Er sprang auf den Untersuchungstisch, ging
vor bis zur Kante und ließ sich mit dem Kopf
zuerst hinunterfallen.

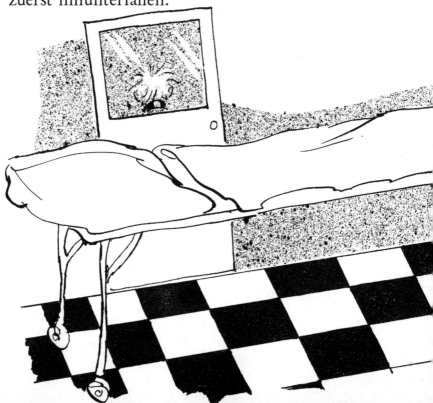

Im selben Moment wurde die Tür aufgerissen, und eine Krankenschwester schob eine fahrbare Liege herein. Jakob landete darauf, machte

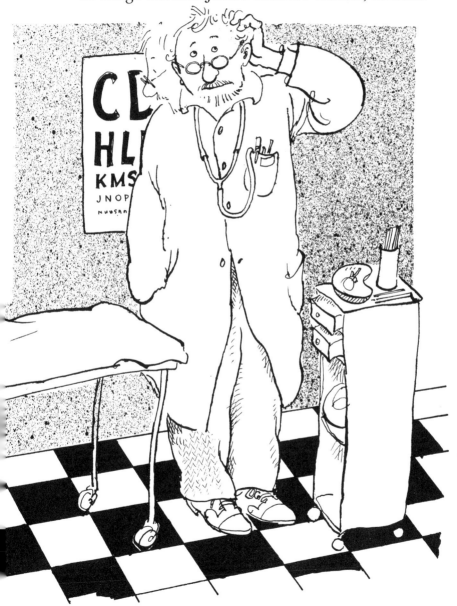

einen Purzelbaum und blieb auf dem Rücken liegen.

»Na, was habe ich gesagt?«

»Merkwürdig«, gab der Doktor zu. »Aber warum kommen Sie mit der Liege?«

»Sie hatten doch gerufen, Herr Doktor.«

»Ich habe kein Wort gesagt.«

»Doch!« behauptete die Krankenschwester. »Ich hab' deutlich gehört, wie Sie riefen: ,Kommen Sie schnell mit einer Liege, Schwester!'«

»Merkwürdig...« murmelte der Doktor. Daraufhin untersuchte er Jakob gründlich und stellte fest, daß er gesund war wie ein Fisch im Wasser und dazu völlig normal.

Als Jakob gegangen war, blieb der Doktor eine ganze Weile in Gedanken versunken vor der Liege stehen.

Hatte er nun die Schwester gerufen oder nicht?

Nenn mich Serafim!

In dieser Nacht traf Jakob Serafim.

Er wurde von einem Pfeifen geweckt. Es war Vollmond. Durch ein Loch in der Gardine schien der Mond ins Zimmer. Das sah aus wie eine schmale Rutschbahn aus Silber. Auf dieser Rutschbahn saß eine Gestalt und baumelte mit den Beinen. Sie hielt eine Trillerpfeife in der Hand.

Jakob gähnte, blinzelte, schüttelte den Kopf und schaute wieder hin. Die Gestalt saß immer noch auf der Mondrutschbahn und baumelte mit den Beinen. War es ein Mädchen, ein Junge, ein Tier, ein Geist oder nur ein Traum? Hübsch wie ein Mädchen, grinsend wie ein Junge, geschmeidig wie ein Panther, leicht wie ein Vogel, dabei fast durchsichtig. Da soll doch . . .

»Ich bin kein Traum«, sagte die Gestalt, als ob

sie Jakobs Gedanken erraten hätte. »Nenn mich Serafim! Ich bin ein Engel.«

Mitten in der Nacht kann man ja alles Mögliche glauben. Beinahe jedenfalls. Jakob starrte Serafim mit großen Kulleraugen an. Was war das nur für eine zarte, schmächtig-zierliche, fast zerbrechlich wirkende Figur, die da so silbrig im Mondschein schimmerte – leicht wie ein Luftballon, halb durchsichtig wie dünnes Rauchglas, weder Mädchen noch Junge ...

»Wenn du ein Engel bist, wieso hast du dann keine Flügel?« erkundigte sich Jakob.

»Das mit den Flügeln ist doch bloß Aberglaube. Vor Hunderten von Jahren malten die Künstler uns so. Sie wußten es halt nicht besser. Was sollten wir auch mit Flügeln anfangen? Wir fliegen genauso gut ohne.«

Serafim schlitterte den Mondstrahl entlang, erhob sich in die Luft, machte einen halben Salto und kam im Sturzflug auf Jakob zu. Kurz vorm Zusammenstoß fegte Serafim mühelos wieder aufwärts, berührte federleicht das Dach, schwebte als Nebelschleier sachte durch

die Luft und ließ sich behutsam wie ein herab-
sinkendes Blatt auf dem Mondstrahl nieder,
wo er sich bequem zurechtsetzte.

»Ich bin dein Schutzengel.«

Jakob dachte, er träume. Vorsichtshalber kniff
er sich in den Arm und schrie auf. Also war er
wach.

»Dein ganzes Leben lang habe ich für dich ge-
schuftet und mich abgerackert wie ein Ver-
rückter«, fuhr Serafim fort. »Aber jetzt habe
ich genug! Ich möchte dich um Urlaub
bitten.«

Ein Engel, der Urlaub haben wollte – hatte
man so etwas schon gehört?

»Pah, Schutzengel«, sagte Jakob. »Und das soll ich dir glauben?!«

»Du kannst mich auch Schutz*mann* nennen, wenn dir das besser gefällt«, bemerkte Serafim. »Ich werde dir gleich zeigen, was ich meine.« Jakob drehte sich im Bett, um den Mondstrahl nicht ins Auge zu bekommen. Wie es so kam, verhedderte er sich im Bettbezug, glitt auf dem Laken aus und fiel über die Decke auf den Fußboden.

»Autsch!«

So ein Pech, dachte er. Einfach aus dem Bett zu fallen . . .

Pech! Er war doch der Junge mit Glück!

Serafim lachte sein mondscheinglitzerndes Lachen. »Hast du es jetzt kapiert?«

Jakob fror. Er sprang wieder ins Bett. In der Eile knallte er mit dem großen Zeh vor die Bettkante.

»Au!«

Es tat verdammt weh.

Was für ein Pech . . .

»Nun siehst du, wie es geht, wenn du mal auf

dich selber aufpassen sollst«, sagte Serafim. »Normalerweise kümmere ich mich um dich und sehe zu, daß du klarkommst, egal wie schlimm es aussieht. Doch jetzt schaffe ich es einfach nicht mehr. Du glaubst, du wärst ein Junge mit Glück. Du nimmst total idiotische Risiken auf dich. Du hast vor nichts Angst. Es ist gefährlich, keine Angst zu haben.«

»Wieso gefährlich?« wunderte sich Jakob, der doch so stolz darauf war, sich vor nichts zu fürchten.

»Wenn du bei Rot über die Straße gehst, denkst du, dir wird schon nichts passieren. Und ich habe damit zu tun, bei den Leuten auf die Bremse zu treten, an Lenkrädern zu kurbeln, Radfahrer beiseite zu schubsen und Busse durch Motorschäden lahmzulegen. Manchmal muß ich deinetwegen Autos zusammenstoßen lassen. Ist das vielleicht richtig? Und was meinst du, sagen anderer Leute Schutzengel, wenn es für ihre Kunden böse ausgeht? Die werden wütend auf mich, da kannst du Gift drauf nehmen. Wenn das so

weitergeht, werde ich noch aus der SG aus-
geschlossen.«

»SG – was ist denn das?«

»Schutzengel-Gewerkschaft.«

Jakob sah allmählich etwas nachdenklich aus.

»Wir Engel können schon eine ganze Menge«,
sagte Serafim. »Aber auch unsere Fähigkeiten
sind begrenzt. Erinnerst du dich daran, wie du
bei deiner Großmutter vom Balkon gefallen
bist? Sofort habe ich mich auf die Socken gemacht und nach einem Heuwagen gefahndet.
Das ist nämlich so üblich, wenn jemand aus
dem Fenster fällt. Aber bei der gegenwärtigen
Lage der Landwirtschaft ist es in diesem Lande
um Heuwagen schlecht bestellt. Als ich endlich einen zu fassen kriegte, war es schon zu
spät. Also mußte ich dir anders aus der Patsche
helfen. Ich hatte ja nur noch wenige Sekunden
Zeit. Jedenfalls habe ich dann diesen Torwart
aufgetan und ihn auf den Balkon geschickt, um
das Wetter zu kontrollieren. Als du zum zwei-
ten Mal runtergefallen bist - oder besser gesagt: als du dich runtergeschmissen hast, du

Unglücksvogel, da war gerade ein Heuwagen zur Hand, und alles ging nach Plan. Dieses Mal hatte ich Glück, das muß ich zugeben. Vielleicht habe ich ja auch einen Schutzengel. Aber nun muß ich mich eine Weile erholen. Falls du mir freigibst...«

»Tja...«

»Hier hast du eine Trillerpfeife. Wenn du mal wirklich in der Klemme sitzen solltest, pfeif nach mir. Das Ding funktioniert ungefähr wie eine Hundepfeife. Der Ton liegt so hoch, daß nur ich ihn hören kann. Okay?«

»Okay«, sagte Jakob.

»Aber reiß dich zusammen, Jakob. Riskiere nichts. Denk dran: Du bist nicht mehr der Junge mit dem großen Glück. Jetzt bist du der Knabe ohne Schutzengel. Paß auf dich auf. Mach's gut!«

Serafim wurde immer blasser, der Mond verschwand hinter Wolken, das Zimmer wurde dunkel, und Jakob schlief ein.

Hinterlassen Engel Spuren?

Am Morgen erwachte Jakob mit einem Lächeln. Er hatte so was Lustiges geträumt: Ein Engel hatte auf einem Mondstrahl gesessen und mit ihm gesprochen...

Dieser Engel, der Serafim hieß, war wie eine Schneeflocke im Zimmer umhergeflogen...

Aber es gab keine Spur von Serafim. Kein Wunder! Träume hinterlassen normalerweise keine Spuren.

Doch wie war es mit Engeln?

Jakob stand auf und zog sich rasch an. Morgen würden die Weihnachtsferien beginnen. Hoffentlich durfte er dann zur Großmutter. Dort gab es herrliche Schlittschuhbahnen.

Das würde sicher toll...

Plötzlich nieste er.

Es kitzelte in der Nase. Offensichtlich war ein Schnupfen im Anzug. So ein Pech – ausgerech-

net vor den Ferien eine Erkältung zu kriegen!
Pech?

Er wollte sich die Nase putzen und suchte in
seiner Hose nach einem Taschentuch. Dabei
berührten seine Finger einen harten Gegen-
stand, den er nicht gleich wiedererkannte. Er
zog das Ding hervor. Es war eine Trillerpfeife.

Sie fliegen ohne Flügel

»Sag mal, Papa: Gibt es eigentlich Engel?« fragte Jakob beim Frühstück.

Mama war Nachtschwester. Sie kam erst später nach Hause. Papa arbeitete in einer Radiofirma. Er kannte sich bestens aus mit Schaltkreisen und Kondensatoren und amplitudenmodulierten Radiowellen, doch über Engel wußte er so gut wie nichts. Darin ähnelte er den meisten anderen Vätern. Und wie die meisten anderen Väter hätte er nie zugeben wollen, daß er irgend etwas nicht wußte.

»Engel kommen jeden Tag in der Zeitung vor«, meinte er beiläufig. »Du hast sicher schon mal gelesen, daß der eine oder andere einen Schutzengel hatte. Das heißt nichts weiter, als daß jemand ein unverschämtes Glück hatte. So wie du, mein Junge. Vielleicht hast du ja am Ende einen Schutzengel.« Er lachte laut, um zu zeigen, daß er nur Spaß machte.

»Ich meine aber richtige Engel«, sagte Jakob.
»Solche, die Flügel haben und durch die Gegend fliegen, auf Wolken sitzen und Harfe spielen?« fragte der Vater spöttisch. »Das sind doch Märchen.«
»Sie haben gar keine Flügel«, erklärte Jakob.
»Keine Flügel?« empörte sich der Vater. »Alle Engel, die ich je gesehen habe, hatten Flügel.«
Er lachte wieder, als er an alle Engel dachte, die ihm bisher über den Weg gelaufen waren.
»Sie können ohne Flügel fliegen«, erwiderte Jakob. »Und sie haben auch keine Harfen. Sie blasen auf Trillerpfeifen«.
Der Papa schüttelte den Kopf und löffelte seinen Joghurt. Offenbar wußte sein Sohn mehr über Engel als er selbst. Er begriff zwar nicht so recht, was Engel mit Trillerpfeifen anfangen sollten, aber ehrlich gesagt war ihm auch nicht klar gewesen, wozu sie unbedingt eine Harfe benötigten.
»Morgen gibt es Weihnachtsferien«, sagte er. »Dann darfst du zur Großmutter. Du hast doch nichts dagegen?«

Nein, Jakob hatte nichts dagegen. Großmutters Butterkringel waren das Beste, was er kannte. Und außerdem würde er mit Susanne spielen, die nebenan wohnte. Susanne war blind.

Als Jakob nach der letzten Unterrichtsstunde die Schultreppe hinunterrannte, stolperte er und fiel so unglücklich, daß er sich den linken Fuß verstauchte.

»So ein Mist, was?« meinte ein Klassenkamerad mitfühlend. »Gerade jetzt zu den Ferien!« Jakob dachte an die Worte des Engels: ‚Riskiere nichts. Denk dran: Du bist nicht mehr der Junge mit dem großen Glück.‘

Der Freund brachte ihn nach Hause. Wie sollte Jakob nun Schlittschuh laufen? Er mußte wieder niesen.

Susanne

Großmutter war froh, ihn zu sehen. Und er war froh, Großmutter zu sehen. Und Großmutters Butterkringel.

Susanne hatte schon auf ihn gewartet. Sie besuchte eine Blindenschule. Aber in den Ferien war sie zu Hause.

Jakob ging gleich zur ihr, nachdem er sich mit Butterkringeln vollgestopft hatte. Außer seinem verstauchten Fuß und der Erkältung hatte er nun auch noch Bauchweh.

Wenn Jakob zu Besuch war, spielten sie meistens draußen. Susanne wollte es so. Allein durfte sie nicht aus dem Haus. Das war viel zu gefährlich.

Susanne konnte nie still an einem Fleck sitzen. Sie war dazu geschaffen, wie ein Eichhörnchen herumzuhüpfen und Blödsinn zu machen. Auf alles war sie neugierig. Sie fand es unerträglich, ruhig dasitzen zu müssen und Radio zu hören, Tischdecken zu häkeln oder Klavier zu spielen. Ihr Körper war bis oben hin voll übersprudelnder Energie, die sie so selten loswurde.

Man kann sich vorstellen, daß sie glücklich war über Jakobs Besuch. Endlich durfte sie nach draußen!

Als Susanne klein war, hatten ihre Eltern alles darangesetzt, sie vor allen möglichen Gefahren zu beschützen. Ständig paßten sie auf, daß ihre Tochter nur ja nicht hinfiel oder überfahren wurde. Doch an jenem Tag, als sie sich Säure ins Gesicht gespritzt hatte, waren sie zu spät gekommen.

Am ersten Tag blieben die Kinder in Susannes Zimmer und spielten Blindekuh. Jakob hatte nicht die geringste Chance. Sie *hörte* ihn immer und überall.

Wie dumm er sich anstellte! Dauernd stieß er gegen Möbelstücke. Manchmal wurde ihm schwindlig, und er fiel auf die Nase. Susanne war begeistert und lachte laut. Wenn er die Augen verbunden hatte, gab es keinen Unterschied mehr. Dann war sie ihm sogar überlegen.

Sie selbst bewegte sich schnell und anmutig, lauschte auf jedes Geräusch, das er mit den Füßen machte, auf jeden Atemzug und jedes Schnaufen. Wie gut für sie, daß Jakob erkältet war!

Am nächsten Tag fühlte er sich besser. Sie gingen gemeinsam ins Schwimmbad. Susanne schwamm furchtbar gern.

»Das wird prima, du!«

Sie spazierten Hand in Hand. Er führte sie, und sie stützte ihn. Dabei strahlte sie vor Glück.

»Natürlich werde ich auch springen!«

Für Susanne war das Ganze ein großartiges Abenteuer. Jakob war beinahe neidisch.

Im Wasser hatte Susanne einen Riesenspaß. Hier konnte sie sich richtig austoben. Sie planschte und lachte, kraulte und ließ sich auf dem Rücken treiben. Jakob half ihr aufs

Sprungbrett und hielt Ausschau, ob niemand im Wege war.

»Jetzt!«

Sie sprang elegant mit ausgestreckten Armen und Beinen. Mit einem leichten Überschlag tauchte sie ins Wasser. Jakob, furchtlos wie er war, hopste hinterher. Er warf sich einfach ins Leere. Bisher war es immer gut gegangen. Doch dieses Mal landete er mit einem schmerzhaften Bauchplätscher. Es gab einen enormen Knall. Dann ging er unter. Ein dunkles Loch tat sich auf, und er verschwand in diesem Loch.

Die lautlose Trillerpfeife

Als Jakob wieder zu sich kam, lag er am Beckenrand. Seine ganze Vorderseite war rot und brannte fürchterlich.

Nach und nach erfuhr er, was passiert war. Susanne hatte den Knall gehört und sofort begriffen. Sie war getaucht, hatte nach ihm gesucht und ihn zum Beckenrand geschleppt. Andere Badegäste hatten geholfen, ihn heraufzuziehen. Schließlich hatte Susanne ihn durch Mund-zu-Mund-Beatmung wiederbelebt.

Verwundert lächelte er sie an. Dann nahm er ihre Hand und drückte sie ganz fest. »Du bist mein Schutzengel!«

Es sah wirklich aus, als wäre Jakob alleine völlig hilflos. Er war so sehr daran gewöhnt, von Serafim behütet zu werden, daß er sich nicht genügend vorsah.

Susanne lachte. »Da kannst du mal sehen – wir Blinden sind doch zu etwas nütze!«

Auf dem Heimweg kamen sie an einem Kiosk vorbei, der mitten auf einem Hügel stand. Jakob wollte unbedingt eine Tafel Schokolade für Susanne kaufen – zum Dank, daß sie ihn gerettet hatte.

»Du holst mich ja leicht ein«, sagte sie und ging weiter den Hügel hinunter.

Unbekümmert schritt sie aus. Es war deutlich zu sehen, daß sie froh war, auch mal allein zurechtzukommen. Während Jakob die Schokolade holte, hielt ein Auto an der Bürgersteigkante. Der Fahrer stieg aus, um sich etwas zu kaufen. Wahrscheinlich hatte er die Handbremse nicht ordentlich angezogen – jedenfalls geriet der Wagen ins Rollen und bewegte sich in rascher Fahrt den Hügel herab.

Er fuhr auf den Bürgersteig...

Zum ersten Mal in seinem Leben bekam Jakob Angst. Er schrie so laut er konnte: »Susanne! Paß auf!«

Sie drehte sich um. Das Auto rollte fast lautlos

auf sie zu. Es war zu spät, um irgend etwas zu unternehmen. Doch. Vielleicht gab es noch eine Chance.

Blitzschnell riß Jakob die Trillerpfeife aus der Hosentasche und blies kräftig hinein.

Man hörte keinen Ton. Aber der eine Vorderreifen des Wagens stieß gegen einen Stein, das Lenkrad schwenkte um, und das Auto wechselte die Richtung. Es schleuderte vom Bürgersteig quer über die Straße geradewegs in eine Hecke. Dort blieb es stehen.

Jakob rannte.

Als er Susanne erreicht hatte, stand sie da und weinte. Sie zitterte am ganzen Körper. Hilfesuchend griff sie nach seiner Hand.

»Das Auto rollte so dicht vorbei, daß es mich gestreift hat!«

»Was du brauchst, ist ein guter Schutzengel«, sagte er.

Sie wandte ihm ihr Gesicht zu und lächelte unter Tränen. »Bist du das etwa?«

Jakob schüttelte den Kopf. Aber das konnte sie ja nicht sehen.

In der Klemme

Nachts schlief Jakob in Großmutters Wohnzimmer auf einem ausklappbaren Bett, das tagsüber als Sofa diente. An der Wand hing eine Pendeluhr und tickte gemütlich vor sich hin. So fühlte sich Jakob nie allein. Das gleichmäßige Ticken machte ihn müde und schläfrig.

Doch an diesem Abend konnte er nicht einschlafen, sosehr er es auch versuchte. Das Bild von Susanne und dem Auto, das auf sie zukam, ging ihm nicht aus dem Kopf. Als er gerufen hatte, hatte sie sich umgedreht und regungslos dagestanden, während das Auto mit wachsender Geschwindigkeit nähergerollt kam...

,Was du brauchst, ist ein guter Schutzengel', hatte er zu Susanne gesagt.

Serafim.

Allmählich kam ihm eine Idee.

Er knipste die Leselampe an, stand auf und holte die Trillerpfeife. Sollte er?

Susanne steht auf dem Bürgersteig, und das Auto rollt immer näher...

Jakob blies in die Trillerpfeife. Nichts war zu hören. So sollte es ja sein. Aber es passierte auch nichts. So sollte es nicht sein.

Er zuckte mit den Achseln und wollte sich wieder hinlegen.

Auf dem Kopfkissen saß Serafim mit übereinandergeschlagenen Beinen und sah reichlich verwirrt aus. »Nun könntest du langsam mit dieser ewigen Pfeiferei aufhören«, sagte er. »Du darfst die Trillerpfeife nur dann benutzen, wenn du wirklich in der Klemme bist. Hast du das vergessen?«

»Ich...«, begann Jakob.

»Endlich hat man seinen wohlverdienten Urlaub nach der ganzen Plackerei und all den Überstunden, und kaum hat man es sich auf einer netten Wolke bequem gemacht, da ertönt die Pfeife und man muß ausrücken wie ein Feuerwehrmann!«

Serafim war richtig wütend.

»Ich bin...«, warf Jakob ein.

»Dann stellt sich heraus, daß eine Göre bloß bange war vor einem Auto. Okay«, sagte Serafim. »Da kann man nichts machen. Mädchen sind nun mal so. Aber danach zieht man sich wieder zurück auf sein Ferienwölkchen und denkt, nun hätte man für eine Weile seine Ruhe und könnte die schöne Sonne genießen – was geschieht dann, wenn ich fragen darf? Die verdammte Trillerpfeife erschallt aufs neue!«

»Ich bin wirklich...«, versuchte Jakob wieder.

»Die Pflicht rief!« fuhr Serafim ungerührt fort. »Für alle anderen gibt es gesetzlich geregelten Urlaub, nur wir Schutzengel haben rund um die Uhr Bereitschaftsdienst, jahrein, jahraus. Wir müssen immer zur Verfügung stehen, ständig antreten. Ich würde ja nichts sagen, wenn es sich tatsächlich um eine Notlage gehandelt hätte. Aber mich nur zu rufen, weil du mal nicht schlafen kannst und Gesellschaft brauchst – das ist echt zuviel! Soll ich dir vielleicht ein Märchen vorlesen?«

»Ich *bin* in einer Notlage«, sagte Jakob.

»Ach, wirklich? Ich sehe beim besten Willen keine. Ich habe auch vorher am Tag keine gesehen, als du nach mir gepfiffen hast.«

»Susanne wäre beinahe überfahren worden!«

»Na und? Die Kleine hätte doch wohl beiseite springen können.«

»Hätte sie nicht!«

Der Engel kicherte. »Was meinst du damit? Ist sie etwa blind?«

»Ja«, sagte Jakob.

Serafim blieb das Lachen im Halse stecken. »Entschuldige bitte. Das wußte ich nicht.« ·

»Ich dachte, Engel wissen alles«, meinte Jakob.

»Nur der Chef. Auch die Erzengel sind nicht auf den Kopf gefallen. Aber wir Schutzengel, wir sind nur so was wie Aufpasser.«

»Wir? Seid ihr denn viele?«

»Ein Schutzengel für jeden Menschen. Wußtest du das nicht? Ihr scheint ja in der Schule nichts Gescheites zu lernen.«

»Aber wenn alle Menschen einen Schutzengel haben, warum gibt es dann so viele Pechvögel und so wenige, die ein solches Glück haben wie ich?«

Serafim lächelte selbstzufrieden.

»Ganz einfach. In der Engelwelt gibt es eben genauso viele Durchschnittstypen wie in der Menschenwelt, genauso viele Schlaffis, die lieber auf einer Wolke herumgammeln als ihre Pflicht zu tun. Aber einige nehmen den Beruf wirklich ernst.«

»Wie du, Serafim.«

»Ich finde, es ist mehr als ein gewöhnlicher Job. Schutzengel zu sein, ist eine Aufgabe.«

»Und was ist mit Susannes Schutzengel? Warum griff er nicht ein, als das Auto sie fast überfahren hätte?«

»Cherubim, meinst du. Er hat halt gefaulenzt und ist fett geworden vom Nichtstun. Wie ich die Sache jetzt sehe, wird Susanne dermaßen behütet und umsorgt, daß Cherubim nie eingreifen muß.«

Jakob dachte nach. Seine Augen leuchteten.

»Ich habe eine Idee! Tausch doch mit Cherubim!«

»Du meinst, ich soll mich um Susanne kümmern, und Cherubim soll dein Schutzengel werden?«

»Genau!«

»Aber wieso?«

»Susanne will nicht dauernd bewacht werden und herumsitzen. Sie muß manchmal auch alleine spielen und toben dürfen. Wenn du auf sie achtgibst, wo du doch so toll bist, dann braucht sie nie mehr Angst zu haben. Und du hast noch massenhaft Zeit, dich zu erholen und auf Wolken zu sonnen.«

Jetzt begann es auch um Serafim zu leuchten. Nicht nur seine Augen strahlten, sondern der ganze Kerl.

»Und Cherubim soll dich übernehmen, du Unglücksrabe. Das hat ihm gerade noch gefehlt. Und wenn der nun damit total überfordert ist?«

»Das Risiko gehe ich ein«, antwortete Jakob. »Für Susanne!«

Serafim bekam einen sehnsüchtigen Gesichts-
ausdruck.

»Dann könnte ich ja endlich Harfenunterricht
nehmen!« sagte er glücklich.

»Stimmt es denn, daß ihr Engel so gerne Harfe
spielt?«

»Natürlich. Warum auch nicht?«

Klar. Weshalb sollten Engel nicht Harfe spielen?

»Also düse ich jetzt wieder zu meiner gelieb-
ten Wolke«, sagte Serafim. »Ich werde mit
Cherubim ein paar Takte reden. Morgen gibst
du Susanne die Trillerpfeife. Und du...«

»Ja?«

»Laß es etwas ruhiger angehen. Gib Cherubim

Gelegenheit, sich aufzuraffen, bevor du wieder mal vom Balkon hüpfst.«

Jakob grinste.

»Du kannst dich auf mich verlassen.«

Serafim verschwand. Jakob kroch unter die Decke und löschte das Licht. Er wußte nicht, wie leicht man einschlafen kann, wenn auf dem Kopfkissen ein Engel gesessen hat.

Eine Geschichte zum
Nachdenken

Ingrid Kessl

Alle Tage ist kein Sonntag

Katharina ist acht Jahre alt und lebt bei ihrer berufstätigen Mutter, die
wenig Zeit für sie hat. Doch einmal im Monat darf sie ein Wochenende
bei ihrem Vater – Katharinas Eltern sind geschieden – verbringen, und
das findet sie herrlich. Heimlich wünscht sie sich, ganz beim Vater leben
zu dürfen. Als die Mutter einmal sehr krank wird und ins Krankenhaus
muß, erfüllt sich dieser Wunsch – aber sehr anders, als sich Katharina das
gedacht hatte. Denn nun sieht sie, daß der Alltag beim Vater auch nicht
besser ist als bei der Mutter – eher schlechter –, und so kehrt sie nach
Mutters Entlassung aus dem Krankenhaus ganz gern wieder zu ihr zurück.
»Der Autorin ist es gut gelungen, sich in die Nöte Katharinas einzufüh-
len; sie stellt verschiedene Seelenzustände, z. B. die Eifersucht auf die
Freundin des Vaters, glaubhaft dar. Auch für Kinder, die Katharinas Pro-
bleme nicht haben, ist dieses Buch zur Sensibilisierung gut geeignet.«
Der Evangelische Buchberater

Georg
Bitter
Verlag Recklinghausen

Ein Autor mit Herz
und Humor

Sid Fleischman

Der Geist am Samstagabend
Olly soll einen Fremden bei starkem Nebel in sein Hotel führen. Belohnung: Eintrittskarten für eine Geisterbeschwörung.

Ich und der Mann auf dem mondäugigen Pferd
Clint möchte den Zirkus zu gerne sehen. Aber vorher muß er noch einen Eisenbahnräuber fangen.

Hier kommt McBroom
Heitere Erzählung um die fruchtbarste Farm der Welt und die dreizehnköpfige Farmerfamilie McBroom.

Die unauffindbare Stadt
Rufus Flint ist Journalist und zieht mit seiner Familie im Planwagen durch den Wilden Westen. Und überall, wo es noch keine Zeitung gibt, gründet er schnell eine.

 Recklinghausen

Zwei fröhliche Bücher –
nicht nur für Mädchen

Sydney Taylor

Die Mädchenfamilie

Ein heiteres Buch über eine kinderreiche jüdische Einwandererfamilie im
New York des Jahres 1912.

»Ein ungemein liebenswertes, zutiefst sympathisches Buch, das sich für
alle Altersstufen ab zehn Jahre aufwärts empfehlen läßt.«   Die Welt

»Eines der schönsten Bücher der Saison.«   Süddeutsche Zeitung

**Auf der Auswahlliste zum Deutschen Jugendliteraturpreis
»Buch des Monats« der Deutschen Akademie für Kinder- und
Jugendliteratur**

Neues von der Mädchenfamilie

Das Buch erzählt vom Reiferwerden der fünf Mädchen, von erster Liebe
und von einem jüdischen Hochzeitsfest.

»Eine Liebesgeschichte diesmal, die mit dem Umzug der Familie von der
East Side in die Bronx endet, dem Aufbruch aus der geschlossenen jüdi-
schen Gemeinschaft in die amerikanische Gesellschaft, in der Menschen
verschiedener Herkunft und Religion zusammenleben. Die beiden
Mädchenfamilien-Bände schließen eine Lücke in unserer Kinderliteratur.«
Buchauswahl für Evangelische Büchereien

**Georg
Bitter
Verlag** Recklinghausen